獻給我的父母

感謝：湯姆．高德、莎拉．岡薩爾斯、茱蒂．韓森、
井野米娜、坂本泉、柯爾．桑切斯、寶拉．魏斯曼，
以及日本甲府市的 Soy Sauce 書店。

IREAD
波可是個小鼓手

文　　圖｜馬修．佛賽
譯　　者｜海狗房東
責任編輯｜陳奕安
美術編輯｜許瀞文

發 行 人｜劉振強
出 版 者｜三民書局股份有限公司
地　　址｜臺北市復興北路 386 號 (復北門市)
　　　　　臺北市重慶南路一段 61 號 (重南門市)
電　　話｜(02)25006600
網　　址｜三民網路書店 https://www.sanmin.com.tw

出版日期｜初版一刷 2020 年 7 月
書籍編號｜S859201
I S B N｜978-957-14-6856-3

Pokko and the Drum

波可是個小鼓手

馬修・佛賽／文圖　海狗房東／譯

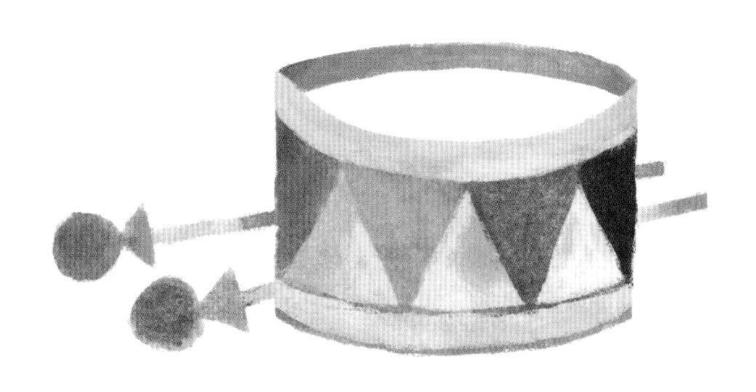

三民書局

給波可一面鼓，
是她的爸爸媽媽前所未有的大失誤。

他們以前也出錯過幾次。

像是那把彈弓。

那隻大羊駝。

以及那顆氣球。

不過，最大的錯誤，還是那面鼓。

「我們實在不應該給她那面鼓。」爸爸說。

「什麼？」媽媽說，
「鼓聲太吵了，我聽不見你在說什麼。」

「給她鼓實在是大錯特錯。」爸爸說。

「這個點子聽起來真不錯。」媽媽說。
她還是聽不見波可的爸爸說了什麼。

隔天，波可的爸爸對她說：
「波可，妳可以帶著鼓出去玩一下。」

「不過不要太大聲，
我們只是住在蘑菇裡的青蛙小家庭，
盡量不要太引人注目。」

波可答應了。

她出發的時候，盡可能保持安靜。

剛下過雨的森林閃閃發光，就像一顆綠寶石。

而且，非常安靜。

太安靜了。

波可拍拍她的鼓，只是為了讓自己覺得有人陪伴。

但這時，她的背後傳來一點動靜。

有一隻彈著斑鳩琴的浣熊跟著她。

所以，波可更用力的打鼓。

接著，有一隻吹著喇叭的
兔子也跟著他們走。

波可繼續打鼓。

接著，又有一隻不會演奏任何樂器的狼，
非常開心的被音樂吸引過來，也加入他們。

波可還是繼續打鼓。

但是，狼吃掉了兔子。

波可停止打鼓，對著狼說：

「不准再吃掉樂團成員，
否則你就得離開樂團。」

「對不起。」狼說。

而且，他是真心的。

後來，他們又開始演奏起來，
不久後就有一大群動物一起演奏樂器……

還有一大群動物跟在他們身邊，
享受著音樂。

他們全都跟著波可。

「波可，晚餐準備好囉！」爸爸大喊。

沒有任何回答，

但是他可以聽見遠方傳來的音樂聲。

而且音樂聲越來越大。

越來越大。

然後，一大群動物蜂擁而入，
把波可的爸爸媽媽抬起來，走進森林。

「噢，不！」波可的爸爸說。
「噢，天啊！」波可的媽媽說。

「我覺得走在最前面的就是波可！」波可的爸爸說，
「妳知道我在想什麼嗎？」

「什麼？」波可的媽媽說，
她正好讀到最精彩的部分。

「我覺得她真的很棒！」

不過，誰都聽不見他說的話，

要是他們聽見了……

一定都會同意的。